Domenico Emanuele Augello

Il Funerale di Calogero

"Nulla si crea, nulla si distrugge, tutto si trasforma"

Antoine Laurent Lavoisier.

Il "Rivesglio"

D'altronde, prima o poi, doveva capitare, di certo pronto non lo ero, come si fa ad esserlo, soprattutto quando si è ancora così giovani e forti, francamente non ricordo neanche come sia morto e come sia arrivato fin qui, sono preda di uno stazionario imbarazzo, la fodera della rivestitura della bara in raso bianco con oro pizzo è del tutto confortante, un color rosso cardinale avrebbe dato un tocco giovanile all'idea di autocommiserazione prostrata ma d'altronde si sa, il libero arbitrio da morti non è contemplato, avrei dovuto pensarci prima, i candelabri alla base dei miei piedi danno un senso geometrico allo spazio e le luci in cima creano uno sbalorditivo gioco d'ombra, quanto vorrei esser vivo per poter fuggire da questa consuetudine cerimoniale, il ripetersi, la società è un continuo ripetersi, un suono monotono reiterante, in grado di scandire costantemente le nostre anime fuorviandole dalla loro unicità. Così mi vedo attorniato da gente che a malapena conosco, gente che probabilmente da vivo neanche mi avrebbe salutato per strada, eccola lì, fare il proprio "dovere" ... che poi cos'è questo dovere ? L'apoteosi dell'ipocrisia della medesima società che ci rende disinteressati e bulimici di rapporti inesorabilmente statici, ma ci sentiamo ugualmente appagati se qualcuno ha fatto il proprio dovere, come se ci fosse un ordine pre-costituito, un comando divino, un 7e30 dell'anima … se solo potessimo essere liberi da questa moralità religiosa !!

E così, da una prospettiva alquanto scomoda che con difficoltà mi permette di avere un buon punto di vista sulla mia veglia funebre, li osservo, di certo non poteva mancare la signora Vicenzina, famosa nel paese per la capacità di conoscere qualsiasi evento accaduto in tempo reale, 24 ore su 24; tendeva a restare nascosta dietro le persiane di colore verde posizionate a pian terreno della piccola abitazione dove viveva solitaria ormai da anni, la sofferenza per la morte del marito fu più un atto dovuto che sentito, quantunque avesse trasformato il suo armadio in una collezione di casti e inestetici abiti neri, l'amore, diceva, ai suoi tempi, era qualcosa che s'imparava dopo essersi sposati, un opinione abbastanza comune e occultamente sofferta nelle signore della sua età; comunque, l'abitazione presentava due ingressi, uno era considerato ufficiale e di rappresentanza, vi erano ammessi ospiti inattesi, parenti dal secondo grado in su, medici, avvocati, preti e i membri costituenti del rosario pomeridiano, il secondo, ovvero le due persiane di color verde, era il reale ingresso, luogo di scambi commerciali con i venditori ambulanti e posizionamento giornaliero preferito, era proprio da li che osservava e ascoltava minuziosamente qualsiasi particolare che potesse portare alla scoperta di sconvolgenti notizie da divulgare tra un Padre Nostro e un Ave Maria. Mi ritenevo in qualche modo parte della sua sfera affettiva giacché mi era concesso il secondo ingresso e non nascondo che provavo piacere nell'esserlo, è uno di quei casi che io definisco di "affetto dissimulato", ne eravamo entrambi a conoscenza senza saperlo, ma per quanto le fossi vicino affettivamente, anche per i piccoli favori che ogni tanto mi chiedeva, abitando esattamente duecento metri più avanti dalla casa dei miei genitori e perché a quel tempo ero l'unico essere umano nel circondario che non superasse l'età della maturità, dovevo, comunque, stare ben attento a non essere uno degli argomenti preferiti durante le ore del rosario, il che contemplava svariate tecniche e strategie per evitare di essere visto.

Mi ritrovo nel mio salotto, riesco a intravedere, tra la gente, i mobili antichi che mi furono donati dai miei genitori, curioso come quando ci si appresta ad arredare il salotto non si pensi al fatto che possa essere il luogo dove spenderemo le nostre ultime ore in compagnia prima di essere sigillati definitivamente in una bara modello standard.

Vedo anche la signora Stefanina !!

Fin da bambino ho sempre visto la signora Stefanina come una sorta di "sciamana" del paese, tramite una formula antica, tramandata di generazione in generazione, era in grado di sverminare qualsiasi essere vivente ... con me ha funzionato, la tecnica consisteva nel disporre dell'aglio all'altezza dello stomaco contornato da un liquido che comprendeva una mistura di olio e spezie, recitando delle strofe con cui ci si appellava a vari santi che onestamente non ricordo, credo ci fosse San Tommaso, spero profondamene che non esista un paradiso, non vorrei incontrare dei santi mancando di ringraziarli per il favore di avermi sverminato, non sarebbe certo un buon inizio per una convivenza eterna. Ora che ricordo non ho mai chiesto ai miei genitori come mai avessero preferito la signora Stefanina a un semplice dottore ... rimango perplesso.

Se mi dispiace essere morto? Non saprei, ho sempre avuto uno strano rapporto con la morte, soprattutto legato alla mia sessualità, no, non sono un necrofilo, è solo che quando ero vicino ad avere un approccio sessuale accadeva sempre qualcosa di tragico ...

Il primo, quasi, bacio

Il ripetersi delle circostanze mi fece capire che c'era qualcosa di, come dire, predestinato, quasi una maledizione e quando lo capì ne fui talmente spaventato che, per un certo periodo della mia vita, ebbi un blocco delle mie pulsioni sessuali, non volevo mica sterminare un'intera famiglia, vissi gli anni della pubertà nell'incubo di aver ricevuto un castigo divino; la prima volta che accadde non feci caso alla coincidenza, anzi ne fui pure infastidito ma col passare degli anni e l'aumentare delle mie possibilità di conquiste femminili mi dovetti rassegnare all'evidenza dei fatti !!
Nel primo delitto, perché tale adesso lo giudico con lungimiranza, ebbi un complice inconsapevole, mio cugino Attanasio; mio cugino, più grande di me di cinque anni, soleva vestire abiti che lo portavano al confine sottile tra il ridicolo e il geniale, per quanto fosse piuttosto goffo nei movimenti, tendeva a non curarsene, anzi quasi ne era fiero, era riuscito a trasformare un difetto in virtù, ciò riscuoteva, inspiegabilmente, un certo successo tra le ragazze ed era ciò che a me serviva per considerare mio cugino un oracolo di saggezza nella conquista dell'emisfero femminile, pendevo dalle sue labbra e nonostante, talvolta, fossi scettico, mi toccò sempre ravvedermi, Attanasio era la risposta !!

Attanasio: Ascoltami bene Calò, tra noi e gli animali
          la differenza è che noi pensiamo troppo,
          noi, in questo, dobbiamo essere come gli
          animali.

Calogero: Come gli animali ?

Attanasio: Si Calò, come gli animali, ti faccio un
          esempio … tu vedi una che ti piace,
          da quel momento la fissi.

Calogero: La fisso ?

Attanasio: Sempre !! Dovesse precipitare un aereo,
          una catastrofe, un maremoto !! Tu la
          continui a fissare !! Hai capitò Calò ?
          Sempre !!

Calogero: E poi ?

Attanasio: Come e poi ?

Calogero: Poi che faccio ?

Attanasio: E poi vedi che succede !! Calò non è che
          posso dirti tutto tutto, anche tu devi
          essere intelligente, devi imparare a
          muoverti da solo.

Calogero: Vabbò la fisso.

Attanasio: Bravo Calò, non te lo scordare mai, è la
regola base e loro lo sanno … animale
Calò !! Animale !!

Ciò fu l'iniziazione a una vita piena di sofferenza e
sensi di colpa, la zelante esperienza di mio cugino mi
stava catapultando in un'odissea di dolore, trepidante
di superare la mia agognata verginità, non mi
rendevo conto che andavo in contro ad un
cataclisma spasmodico.
Quella sera mi accingevo ad andare al punto di
ritrovo del paese, un piccolo locale rustico, dove
solitamente si andava non tanto per bere ma per
provare ad avere una vita sociale che andasse oltre
l'equazione "a + lavoro = morte + b" dove a sta per
tristezza e b per rassegnazione, l'incognita da trovare
era semplicemente "il perché intrinseco all'equazione
stessa", ricordo che le parole di mio cugino
riecheggiavano nella mia mente con la stessa
insistenza di un metronomo, " Tu la continui a
fissare, Calò mi raccomando, animale !!", ero pronto
a passare dalla teoria alla pratica, ero determinato ma
al tempo stesso terrorizzato, terrorizzato di
commettere qualche errore, il paese è piccolo e le
voci girano in fretta e inoltre ero sicuro che lì, da
qualche parte nell'oscurità, a scrutare con attenzione
ogni mio singolo movimento, ci fosse la signora
Vicenzina, occorreva prendere le dovute precauzioni.
Inspirai profondamente e mi avviai verso una piccola
staccionata che racchiudeva un esiguo numero di

tavolini circondati da sgabelli, ero vicino l'ingresso del locale e come da consuetudine, si fingeva di aspettare qualche amico, in realtà non era un vero fingere, perché solitamente si andava al punto di ritrovo con la sicurezza di trovarvi qualcuno di conoscente, quindi mi appoggiai e cominciai a guardarmi intorno, c'era sempre la vana speranza d'incontrare gente che fosse di "oltre confine" al paese e fu a quel punto che mi accorsi di lei, provai già da subito un'energica agitazione e inconsapevolmente trattenni il fiato, i suoi lunghi capelli neri e occhi azzurri offuscarono la mia mente, era molto femminile nei movimenti e al tempo stesso gracile e il suo sorriso rifletteva una solarità del tutto coinvolgente, quando mi ripresi la prima cosa che mi passò per la mente fu la frase di mio cugino "Tu la continui a fissare, Calò mi raccomando, animale" e in realtà non credo fu solo un pensiero perché mi accorsi che mio cugino era seduto a distanza su uno sgabello e da lontano continuava a sillabarmi "Animale Calò, Animale !!", decisi di mettere in pratica la teoria appresa e così cominciai a fissarla, inizialmente non fui imbarazzato giacché lei era in compagnia di alcune sue amiche e tendeva a non rivolgere lo sguardo verso di me, anzi sperimentai il concetto che era alla base del panopticon di Jeremy Bentham, questo potere invisibile che scaturisce dall'osservare senza essere visti, tra l'altro fonte della cultura occidentale, basti pensare al concetto religioso di peccato, viviamo nel terrore di essere

visti e colti in fragrante nell'atto del peccare da un
dio onnipotente e a quanto pare costante
osservatore, quindi continuai ad osservarla
cominciando anche ad avere un sentimento di
sicurezza e potere che svanì nel momento in cui lei si
voltò e incrociò il mio sguardo, distolsi lo sguardo
per una frazione di secondo sufficiente a pensare
"No !!, animale Calò !!, Fissala !!" e continuai a
fissarla, a quel punto mi resi conto che lei aveva
capito e il mio imbarazzo aumentò allorché capì o
ebbi il presentimento che lei e le sue amiche
parlucchiavano ridendo di me, una sensazione di
sconforto cominciò a prendere piede nel mio animo,
pensai al fallimento e non so perché ma quando
penso al fallimento, vedo sempre l'immagine di
Roberto Baggio che fallisce il rigore ai mondiali del
94, ero quasi deciso a demordere e tornare sconfitto
a casa cercando di trovare conforto in un sonno
riparatore ma avvenne qualcosa d'inaspettato che mi
causò un'aritmia improvvisa, non ero tanto distante
da lei ma quegli istanti che scandirono i suoi passi
verso di me furono interminabili e vuoti, si, vuoti,
ripensandoci credo si trattò di un episodio di
tanatosi, un comportamento messo in atto da alcuni
animali che comporta l'irrigidimento totale del corpo
in seguito ad una situazione di pericolo al fine di
simulare la morte, la mia mente non era in grado di
produrre pensieri, fui colto da una dislessia mentale,
ad aumentarne gli effetti contribuirono gli sguardi e i

sorrisi delle amiche rivolti verso il sottoscritto, lei si
avvicinò e sorridendo mi disse:

Lucia: Ciao io sono Lucia ? Posso chiederti perché
mi fissi ?

Calogero: Io ?

Lucia: Si tu !!

Calogero: No, non ti stavo fissando … Guardavo un
po' in giro.

Lucia: Sei solo ?

Calogero: Aspettavo alcuni miei amici ma mi sa che
non vengono più.

Lucia: Noi andiamo in spiaggia, ti va di venire ?

Calogero: Io ?

Lucia: Si tu !!

Calogero: Ma siete tutte ragazze … io che vengo a
fare ?

Errore !! Animale Calò !! Le perle di saggezza di mio cugino !! Non dovevo tradire una corrente di pensiero che pur non sapendo a cosa mi stesse portando, comunque, aveva prodotto delle conseguenze e cosi mi decisi ad essere quell'animale così definito da mio cugino Attanasio.

Lucia: Allora ? Ti va ?

Calogero: Va bene, vengo.

Lucia: Ti aspettiamo lì allora, diciamo tra un'ora ?

Calogero: Ok

Quando vidi Lucia e le sue amiche allontanarsi mi sentì risollevato, la respirazione riprese a funzionare correttamente e la temperatura del corpo che era scesa improvvisamente sui ventitré, ventiquattro gradi risalì tutta d'un colpo, cominciai a camminare, non perché fossi diretto da qualche parte, ancora un'ora mi separava da quel futuro incerto, ma solo perché il mio corpo ne aveva bisogno, lo stress accumulato e quell'agitazione repressa avevano bisogno di sfociare nel movimento. Così passai quell'ora camminando senza meta, ricreando nella mia mente quanti più possibili scenari che mi si prospettavano; per lo più si dividevano in due categorie, ottimisti e realisti, nella prima categoria ero una sorta di clone di Clark Gable, tutto era perfetto, i dialoghi, le espressioni, i movimenti e il tutto confluiva a meravigliosi baci e neanche a dirlo a un'insperata perdita della mia castità forzata, la seconda categoria era orribile, pensavo che dietro quell'invito potesse esserci l'inganno, l'inganno della derisione, pensavo che mi avessero invitato solo per prendersi gioco di me e della mia impertinenza nell'aver osato, il che era connesso ad uno scetticismo di base che invadeva le teorie di mio cugino Attanasio.

Mi rassegnai a vivere quel momento senza pregiudizi e soprattutto senza alcuna sorta di aspettativa, andai a quell'incontro curioso di vedere l'esito finale, aspettavo un verdetto ed ero anche pronto ad accettare il più negativo dei verdetti.

La spiaggia mi era amica, ero piuttosto a mio agio e quello era un punto a mio favore, ma quando le vidi in lontananza, tutti i buoni propositi di accettare qualsiasi verdetto, di essere rassegnato e così via, andarono persi, ero ancora in tempo per tornare indietro, avrei potuto inventare una scusa, d'altronde che male c'è, sarebbe stata una scusa che avrebbe potuto salvarmi da una situazione talmente imbarazzante da segnare il mio futuro a vita, ma la verità è che la voglia di sconfinare nella maturità sessuale era molto più forte di tutto ciò e quindi andai. Avvicinandomi vidi più dettagliatamente il gruppetto di ragazze che scherzavano attorno ad un falò, ed ora che ne riconoscevo le sembianze, mi accorsi che Lucia non era presente.

Calogero: Scusate sapete dov'è Lucia ?

Lia: Lucia non c'è … Tu sei il cugino di Attanasio ?

Calogero: Si

Lia: Ti ho visto più volte a scuola.

Cominciai a sentirmi deriso, le mie paure che rientravano nella seconda categoria di scenari, i cosiddetti realisti, stavano prendendo il sopravvento. Inaspettatamente una delle ragazze si alzò, invitando le altre ad una sfida, chi fosse entrata per ultima in acqua sarebbe stata una cozza, quell'invito mi prese di sorpresa e per un frangente di secondo pensai anche alla singolare zuppa di cozze che mia zia Concetta soleva cucinare, ma sfortunatamente quell'immagine consolatoria svanì rapidamente, non sapevo se quell'invito fosse rivolto anche a me e sinceramente non mi andava di tuffarmi in acqua, ero li per Lucia, non m'importava di stare con altre ragazze che continuavano a deridermi, l'idea che Lucia mi avesse tirato un brutto scherzo cominciava a trasformarsi in un dato di fatto, ero pronto ad andarmene, avrei trovato una scusa, volevo e dovevo andar via, anche per una questione di orgoglio, chissà cosa mi avrebbe suggerito Attanasio! All'invito tutte le ragazze si alzarono scatenandosi in una corsa sfrenata verso il mare, ad eccezione di quella stessa ragazza che fino a quel momento mi aveva mostrato un po' di cordialità rispondendo alle mie domande, il che mi meravigliò, la guardai come aspettandomi una qualche spiegazione per il suo non andare con le altre sue amiche e credo che lei lo capì.

Ero pronto a riferire la mia scusa e a congedarmi gentilmente, ma l'atmosfera cambiò, l'imbarazzo si fece protagonista, offuscando lo sconforto di cui ero stato preda.

Lia: Sono matte … Beh comunque io sono Lia

Calogero: Calogero.

Lia: Si lo so. Ti vuoi sedere ?

Calogero: Tu non vuoi andare a mare con le altre ?

Lia: Stai scherzando ? L'acqua è gelata !! … Posso chiederti una cosa ? Ma a te piace Lucia ?

Ero pazzo di Lucia !! Ma dopo lo scherzo che mi aveva rifilato, dovevo pur mantenere un certo decoro.

Calogero: No. Lucia ? No, non mi piace, ma sai perché non è venuta ?

Lia: No, non lo so. Calogero ? Ma io ti piaccio ?

Quella domanda fu chiarificatrice di tanti dubbi, finalmente avevo capito cosa stava accadendo, che sciocco, avrei dovuto capirlo prima, adesso anche i sorrisi e l'invito ad andar in acqua avevano senso, ero stato raggirato per favorire Lia, la mia coerenza e il mio orgoglio avrebbero dovuto portarmi a rivelare l'arcano intrigo e richiedere delle spiegazioni, ammettendo a quel punto di aver accettato l'invito perché oltremodo attratto da Lucia, il che avrebbe contemplato anche una ritirata strategica, rispettosa della mia integrità di uomo; ma che volete farci, scoprì in quel momento che la mia coerenza non era poi così coerente, il fascino femminile offuscava la mia dignità di uomo, per non parlare del mio orgoglio, del tutto inesistente !! Non sapendo cosa dire, risposi nel modo più stupido che potessi fare.

Calogero: Perché ?

Lia: Come perché !! Mi vuoi baciare ? Guarda che se ti piace Lucia puoi dirmelo !!

La logica, in amore, si trasforma in opportunità e le mie percentuali di opportunità erano talmente basse da non permettermi di soffermarmi a riflettere sulle mie reali emozioni, la mia attrazione per Lucia mi aveva portato in quella spiaggia ma la sorte mi stava portando a baciare Lia. Un'opportunità era, d'altronde, pur sempre un'opportunità, così, con un goffo coraggio mi avvicinai per baciarla, sarebbe stato il mio primo bacio, non sapevo esattamente cosa fare, la mia istruzione sessuale era stata basata su ore ed ore di film porno, consapevole che la realtà fosse ben diversa, ero anche pronto ad una prestazione eroica ed esasperata, la mia immaginazione ha sempre sopravvalutato le mie reali capacità. Quando le nostre labbra furono talmente vicine da poter vedere i dettagli del suo volto con accuratezza, pensai che il suo naso si fosse tutto ad un tratto ingrandito e la mia attenzione si riversò sui dettagli di quel promontorio cosparso di germoglianti brufoli e adorabili lentiggini, per un attimo, dimenticai anche che dovevo baciarla, ma quando ripresi la marcia verso le sue labbra mi accorsi che una sensazione di calore avvolgeva il mio corpo, pensai … quindi è questo l'amore ? Rimasi sorpreso di tale emozione, ironicamente attendevo di sentire suonare le campane, ma ricordo, che l'unica cosa che sentì, fu la voce di mia madre; sentivo la voce di mia madre latrare, in lontananza, il mio nome, pensai che doveva trattarsi di una sorta di allucinazione auditiva dovuta ad un distacco psicofisico dal nido materno, ma la voce era insistente, non avevo ancora raggiunto le labbra di Lia, e continuavo a sentire quella voce … Calogero !! Calogero !! … capì che non si trattava di un ammonimento psicologico autoinflitto dalla mia coscienza quando Lia desistette dal baciarmi.

Lia: Ma stanno chiamando te ?

Calogero: Sarà un altro Calogero.

Sapevo esattamente che quella voce apparteneva a mia madre e non riuscivo a credere alla precisione di quel tempismo che, di fatto, bloccò il mio primo passo verso quel territorio che tanto avevo sognato e desiderato, la "femmina".

Madre: Calogero !! Calò !! Vieni qua un momento.

Calogero: E' mia madre … aspetta, torno subito …

Ero infastidito e imbarazzato, "forse", anche del tutto infuriato, andai verso mia madre e cercai di non pensare ai volti deridenti delle ragazze che continuavano a sghignazzare in acqua. Avrei voluto non esistere.

Calogero: Che c'è Ma ?!!

Madre: Calò ti devo dire una brutta notizia … Lo zio Peppino … Calò, lo zio Peppino è morto.

Calogero: Ma ?!! Chi è lo zio Peppino ?!!

Madre: Ti ricordi quella volta che siamo andati in
        campagna per la pasquetta, a casa di zia
        Giuseppina, che tu giocavi con tua cugina
        Francesca; Francesca è la figlia di zio
        Peppino, però, effettivamente, quella volta
        zio Peppino non c'era perché doveva
        lavorare.

Calogero: Oh Ma ?!! Manco lo conosco lo zio
        Peppino !! Ma poi perché sei venuta qua ?!!

Madre: Come perché ? E che devono pensare i
        parenti se ti vedono in giro a scherzare, in
        spiaggia … con lo zio Peppino ch'è morto !!

Calogero: E giusto giusto ora doveva morire sto zio
        Peppino !! Ma poi com'è che sapevi che
        stavo in spiaggia ?

Madre: Calò, la signora Vicenzina.

Sapevo che mia madre non sarebbe andata via senza
di me, così mi rassegnai alla vergogna e sperando che
quella serata fosse stata cancellata dal diario di bordo
della mia vita, ritornai da Lia per congedarmi.

Madre: Calò !! Dove vai ?!!

Calogero: Aspè Ma !! Aspè !!

Lia: Ch'è successo ?

Calogero: Devo andare … Mio zio Peppino è morto.

Madre: Calò !! Che stai facendo ?!!

Calogero: E Ma !!! Aspè !!

Lia: Mi dispiace per tuo zio Peppino.

Calogero: No, vabbè, niente di serio.

Mio zio Peppino, per quanto non sapessi chi fosse, fu la prima vittima di una lunga lista. L'unico ricordo che ho del suo funerale è che rividi mia cugina Francesca, su cui ebbi molteplici pensieri impuri, definiti in tal modo non certo dal mio punto di vista ma da una dottrina religiosa tendente ad un auto castrazione simbolica. Cercai, così, di dimenticare quella serata, non rividi mai più Lia, forse anche perché cercai di evitarla costantemente e non dissi niente dell'accaduto a mio cugino Attanasio, le sue teorie erano valide, non volevo fosse deluso dal suo allievo prediletto. Il mio destino era segnato, ma non ero consapevole di ciò a cui stavo andando incontro, la vergogna e l'imbarazzo si sarebbero presto trasformati in angoscia e terrore.

La Veglia Funebre

Carmine u'paleimmitanu – "La pubblicità"

Carmine: Buongiorno … sapete dov'è la signora
        Filomena ?

Signora generica: Si è ritirata un momento, è troppo
        sofferente.

Carmine: Eee … Ma d'altronde quando capitano
        queste tragedie, così giovane, era una brava
        persona.

Signore generico: Aaa s'è per quello vero è … Non
        l'ho mai sentito dire ne A e ne E,
        sempre educato, una persona seria.

Carmine: Ma voi siete parenti ?

Signora generica: No, siamo paesani.

Carmine: A cu'appaittiniti[I] ?

Signora generica: Mia madre è a Za' Carmelina, ca
        sta na vaniedda[II].

[I] A cu'appaittiniti - "A chi appartenete" tendente ad indicare la
propria discendenza familiare.

[II] Piccola stradina di paese.

Carmine: Aaa !! Tu a figghia ra Za' Carmelina si, ca perciò, io ho abitato tanti anni na vaniedda, mi sono trasferito da poco perché ho aperto un piccolo negozio di infissi, in via Gaeta 54. Questo è il mio bigliettino da visita, se vi dovesse servire qualcosa … Al momento stiamo lavorando assai perché abbiamo i prezzi più bassi di Palermo e provincia.

Signora Generica: Aaa grazie, non si può sapere mai.

Signore Generico: A signora Lina doveva cambiare le persiane, dice che sono tutte frarici … può domandare.

Carmine: Grazie, chi è la signora Lina ?

Signora Generica: La signora vicino ai piedi della bara, dove c'è la ghirlanda.

Pino – "L'amico"

Pino: (Segno della croce) La pace eterna dona a noi
Signore. Scusate, ma Calogero avrebbe gradito,
l'ho registrata ieri sera, suonata da me, difficile
per via delle quinte minori.

Pino !! Compagno di disavventure, amico fedele,
quante serate a parlare di musica, quanta teoria
musicale e ancora non ci hai capito niente !! Ma pure
al funerale ? Non bastavano tutte le serate costretto
ad ascoltarti suonare, ora che ci penso potrei essermi
suicidato, sarebbe stato un motivo più che valido.
Pino era come un fratello, badate bene che non
intendo dare alla famiglia quel valore generico
contaminato da dottrine religiose, il mio concetto di
famiglia è del tutto personale e intimo, quindi
quando affermo che Pino era come un fratello,
intendo dire che lo era nella mia visione individuale
di famiglia, per essere più chiaro, se nella mia visione
io lo considero un fratello, in un'altra visione
potrebbe essere considerato come uno zio, un
cugino, un amico o anche un semplice conoscente.
Era caratterizzato da una folta chioma riccioluta e da
una statura abbastanza minuta quantunque avesse
un'ossatura robusta, sognava di diventare un
cantautore ma le vicissitudini della vita lo portarono
a seguire le orme del padre, essere un falegname non
gli dispiaceva ma soffriva nel non essere un

cantautore, motivo per cui decise di riversare tutta la sua frustrazione in uno studio, negligente, di teorie e concetti musicali, ciò scaturiva divertenti interpretazioni e delucidazioni che a volte andavano oltre la comune logica. Le serate costretto ad ascoltarlo nei suoi tentativi di pratica erano dei reali tormenti in cui la mia mente vagava cercando d'immergersi nel più profondo subconscio … E adesso anche al mio funerale !! Non sono sicuro, ma credo che il brano che ha registrato sia "a whiter shade of pale" dei Procol Harum. La morte non era, già di per se, sufficiente !!

Pino: Calò ? Le senti le quinte minori, quante ne
        abbiamo passate insieme …

E già … quante ne abbiamo passate, ora che mi ricordo, incontrai Luna grazie a pino o meglio dire per colpa di Pino.

Luna

Quella sera Pino aveva organizzato una serata a casa sua, la madre di Pino era una virtuosa delle pulizie, era quasi impossibile trovare qualcosa fuori ordine e inoltre in trent'anni di matrimonio era stata in grado di addestrare a dovere, prima il marito e successivamente Pino, raramente passavo del tempo nella sua stanza perché era un continuo "stai attento al tappeto, rimettilo poi a posto, non sederti sul letto", snervante ed esagerato, la sua idea di ordine era il risultato di un lavaggio mentale a cui era stato sottoposto per anni e la prova erano esattamente quelle frasi fotocopiate dalla madre che ogni tanto mi ripeteva "non poggiare il bicchiere bagnato sulla scrivania che poi rimane il segno, se vai in bagno alza la tavoletta e soprattutto centra il buco"; Quindi, quando mi propose di passare una serata a casa sua, dissi che, assolutamente, non potevo, perché dovevo aiutare mio padre nello svolgere alcune faccende. Le mie scuse erano sempre generiche, verosimili, non riconducibili alla verità e concatenabili con altre scuse, ciò mi permetteva di poter surfare tra le menzogne con molta creatività e disinvoltura; Pino insistette e devo ammettere che il motivo della sua insistenza fu talmente convincente che decisi, improvvisamente, di poter essere libero nonostante avessi dovuto aiutare mio padre, il motivo, neanche a dirlo, era la presenza di due ragazze, Luna e Miri, che pino aveva conosciuto tramite amici in comune e alle quali aveva rifilato talmente tante di quelle baggianate sul fatto che suonasse e che stava scrivendo alcune nuove canzoni, da incuriosirle e incredibilmente convincerle ad accettare quell'invito a casa sua. I suoi genitori non erano in casa e ciò avvalorava la teoria, o se preferite menzogna, che decisamente avrei potuto non aiutare mio padre quella sera. Così andai, non curante del fatto che qualche tragico evento potesse accadere, anche perché non pensavo che quella serata avesse potuto portare a qualcosa di buono, l'accoppiata Pino che suona più ragazze non aveva mai prodotto niente di buono, anzi, ricordo ancora quando Pino tentò di fare colpo sulla cugina di Girolamo, il figlio del panettiere del paese, il figlio del panettiere ? ... è incredibile come nei piccoli paesi le persone, a volte, non abbiano una propria identità, neanche un proprio nome, ma siano il figlio di, la nipote di o la cugina di, siano il risultato di un'appartenenza generazionale dalla quale è quasi impossibile dissociarsi, comunque, una volta arrivato davanti al portone, la prima cosa che mi tornò in mente fu proprio quella volta che Pino suonò per la cugina di Girolamo e una volta entrato, prima che potesse presentarmi alle ragazze, non mancai di ricordarglielo.

Pino: Calò sono curiose di vedermi suonare, mi
hanno proprio chiesto "possiamo vederti
suonare ?" E quindi non posso far altro che
accontentarle.

Calogero: Pi ? Ma sei pazzo ?

Pino: Perché ?

Calogero: Come perché !! Quando quelle scoprono
che fai schifo a suonare ma lo sai che
figura di merda che facciamo !!

Pino: Schifo ? Ma che dici ? Perché ? Faccio schifo ?

Calogero: Pi !! Ti ricordi cos'è successo quando hai
suonato in quel locale perché volevi fare
colpo sulla cugina di Girolamo ?

Pino: E vabbè che c'entra ? Può capitare una serata
no.

Calogero: Serata no ? Pi !! Colossale figura di merda !
Quella ancora oggi quando ti vede ti
continua a sfottere.

Pino: Quello perché è simpatica.

Calogero: E allora speriamo che queste, quanto
           meno, siano meno simpatiche !!

Quando entrai nella stanza di Pino, la vidi, era distesa
sul letto e la sua innocente sensualità distolse la mia
attenzione da tutto ciò che mi stava attorno,
improvvisamente fui preda di uno slow motion
cognitivo, noi eravamo il mondo e non c'era altro al
di fuori di quel pensiero. Avrei dovuto capire fin dal
primo momento che ci sarei rimasto fregato, ma era
così bella e sensuale e così patologicamente
disturbata da non poterle resistere, che grave ed
entusiasmante errore innamorarsene.
Credo che Pino capì immediatamente del mio
interesse per Luna e quasi non avesse scelta si
concentrò su Miri, cominciò a suonicchiarle un paio
di canzoni e lei sembrava anche divertita, credo lo
trovasse buffo ma non per questo non interessante.
Mentre Pino continuava ad intrattenere Miri, io mi
concentrai su Luna. Luna era una ragazza che ti
affascinava, avevo come la sensazione che potessi
parlare di tutto, che non ci fossero barriere e
soprattutto che potesse capirti e farsi capire,
ascoltandoti ed essendo al tempo stesso al centro
dell'attenzione, non c'era imbarazzo, potevamo
anche solo guardarci senza proferire parola, tutto era
condiviso, o almeno, così pensavo fosse, le sue
parole e i suoi pensieri erano fonte di conoscenza e
comprensione, il suo corpo, modellato seguendo i

principi estetici dell'arte Greca, inondava e appagava i miei desideri, le sue labbra sulle quali concentravo i miei appetiti sessuali erano la risposta ai perché della vita, perché non baciarla ? Perché avessi dovuto aspettare così tanto prima d'incontrarla ? E di nuovo, perché non baciarla ? Ero pronto a lottare contro quella maledizione di cui ero stato una vittima involontaria, se la morte avesse bussato alla mia porta interrompendo le mie intimità con Luna ero pronto a sfidarla, pronto a sacrificare, senza reali colpe, se non quelle dell'amare, un'intera famiglia.

Che ingenuo che ero, non sapevo, nuovamente, a cosa stavo andando incontro, avrei dovuto preoccuparmi più di quella dannazione o della sofferenza che ebbi nel capire che l'amore monogamo è una pura ideazione del nostro essere, influenzato, a sua volta, dalle correnti culturali sociali ? Mi piace paragonare questa falsa ideazione dell'amore, plagiata da una monogamia fisica, ad una scatoletta di tonno; abbiamo la scatoletta di tonno al naturale e la scatoletta di tonno all'olio d'oliva, nel primo caso si ha la possibilità di poter condire il tonno a nostro piacimento, creando fin dal principio il sapore e l'armonia dei sensi, nel secondo caso dovete avere fortuna che il sapore sia buono, è inutile che tentiate di gettare via l'olio, in ogni caso il sapore originale è già andato ed io, non solo mi stavo apprestando a mangiare una scatoletta di tonno all'olio d'oliva, ma ero pure affamato.

Luna: Cosa stai pensando ?

Calogero: Niente di particolare.

Luna: Hai mai pensato al fatto che in questo
        momento, in questo medesimo istante, ci sono
        milioni e milioni di persone che stanno
        vivendo momenti della propria vita in
        differenti posti nel mondo ? Amore,
        sofferenza, malinconia, rabbia, vissute da un
        punto di vista diverso. Cosa starà facendo una
        ragazza del Burundi in questo momento ?

Calogero: Beh, visto ch'è quasi ora di cena starà
        preparando da mangiare, probabilmente
        parlando con la propria famiglia di ciò che
        ha fatto o che vuole fare.

Luna: Dai sii serio !!

Calogero: Sono serio !! Per esempio, prendi la
        signora che sta al piano di sopra, la signora
        Pina ha tentato di avvelenare i gatti della
        signora del pian terreno.

Luna: Ha tentato di avvelenare i gatti ?

Calogero: beh, perlomeno, così dicono le fonti non
ufficiali. Sono convinto che la differenza
tra la signora Pina e un terrorista Afgano
sia semplicemente nell'ambientazione, il
luogo e le modalità, le emozioni e le
reazioni sono le medesime, i sentimenti
umani sono così prevedibili !! La gente è
troppo assillata dal tempo e dai problemi
di una società che non ci appartiene, che
dimentica di fermarsi, anche solo per un
attimo, ad osservare cosa stia accadendo
attorno a loro, siamo come schiavi di una
tempistica televisiva ridotta ai minimi
termini per permettere agli sponsor di
avere un proprio spazio di visibilità, siamo
schiavi di uno sponsor invisibile, ecco !!

Luna: Ah però, non ti facevo così profondo, quindi,
fammi capire, stai dicendo che la signora Pina
è una terrorista ?

Calogero: A suo modo. Però fa delle sarde a
baccaficu che sono la fine del mondo !!

Luna: Allora se i sentimenti e le reazioni sono così
prevedibili, dimmi cosa sto provando e cosa
voglio fare.

Calogero: Diciamo che, inconsciamente, sai che a
         casa mia non c'è nessuno al momento e
         che vorresti andare li perché sei
         fisicamente attratta da un non plus ultra di
         ragazzo come me.

Luna: Chissà se qualcuno nel mondo si starà
      chiedendo se c'è qualcuno che sta per fare
      sesso ?

Calogero: Compreso me, dici ?

Luna: Perché hai dei dubbi ?

Calogero: No …

Le mie tecniche di seduzione, se così potevano chiamarsi, erano migliorate di pari passo alla mia abilità di rapportarmi ad un pubblico femminile. Attanasio era stato in grado di fondare in me una base di nozioni e comportamenti che, per quanto alle volte, avessero dato pochi risultati, comunque, tendevano ad aumentare una confusa autostima.
C'eravamo, eh si, c'eravamo !! Stavo per accingermi a varcare quella soglia insperata, i posteri avrebbero finalmente potuto scrivere canti e sonetti ad inneggiare il mio trionfo, ero pronto a mettere in pratica, minuziosamente, quella teoria pornografica appresa nelle svariate ore del desiderio corporeo, tendente al paranormale e ad un concetto di dinamismo apatico.
Ci congedammo da Pino e Miri con la più credibile delle scuse, dissi che Luna doveva tornare a casa e che mi sembrava poco cortese non accompagnarla, aggiunsi che non dovevano preoccuparsi e che se volevano, potevano rimanere e continuare a divertirsi. Ebbi la sensazione che Miri avesse capito cosa ci fosse sotto, Pino, neanche a dirlo, era del tutto intento a dimostrare le sue doti artistiche, ora che ricordo, stava, esattamente, tentando di suonare "a whiter shade of pale" dei Procol Harum !!
Ci dirigemmo verso casa mia, avevo come una sensazione di appagamento, mentre camminavo

ascoltando Luna che continuava a rifilarmi pensieri filosofici sulla vita, mi venne in mente un documentario sui leoni della savana, visto alcuni giorni prima, e rividi in me stesso quella chiara espressione di appagamento, che aveva il leone dopo aver catturato la sua preda. Avevo la mia preda e sfortunatamente ne ero totalmente innamorato !!

Una volta varcata la soglia di casa, fui preso da un dubbio atroce, con sgomento pensai chi potesse essere l'imminente vittima della mia prima conquista sessuale, avevo capito nel corso degli anni, che più mi avvicinavo all'obiettivo e più il grado di parentela del predestinato aumentava, ero terrorizzato, pensai che mio padre e mia madre erano apparentemente in salute e quella sera erano andati a casa di una nostra zia per convenevoli familiari di ordine burocratico, la preparazione del festeggiamento dei 25 anni di matrimonio, quindi non erano in pericolo. Ma, allora, chi sarebbe stata la vittima ?

Offuscato dall'eccitazione e turbato dal dubbio, cominciammo a baciarci, le nostre labbra erano incollate, quasi in apnea, approfittavo di quei pochi istanti in cui cambiavamo posizione per poter riprendere fiato, andammo direttamente nella mia stanza, vidi a malapena dov'era il letto e fui fortunato a non scaraventare Luna contro il comodino, finalmente potevo avvinghiare quel corpo che tanto avevo desiderato, benché fosse novembre, la temperatura della stanza era passata da un freddo pre-invernale ad un caldo esotico tropicale. Eravamo nudi, la razionalità nella mia mente aveva lasciato il classico cartello "torno subito", non so se su quel subito ci fosse anche dell'ironia veritiera, ma ero pura eccitazione, era il momento !! In nome di Attanasio e dei principi di una virtù appresa su sacrifici e ostinazione ero pronto a battezzare quel territorio, avrei issato la mia bandiera e suonato la marcia d'ordinanza del primo reggimento granatieri !! Ma il destino, si sa, mi è infame e a suonare non fu altro che il telefono, uno squillo profondo e freddo, che sospese l'avanzare del tempo, sapevo già di cosa si trattasse, il mio volto si spense, cercai anche d'ignorarlo, ma lo squillo di quel malaugurato telefono era insistente e testardo.

Luna: Dai rispondi !!

Calogero: No, non è per me.

Luna: E se fosse qualcosa di serio? Dai !!

Calogero: Ok ok !! Speriamo non siamo morto qualcuno … Pronto ? Ma quando è successo ? mmm … mah ? Va bene ci risentiamo dopo.

Luna: Ch'è successo ? Qualcosa non va?

Calogero: Era mio padre, mio nonno è morto.

Rimasi seduto sul letto, fissavo il muro con uno sguardo apatico e quasi catatonico, avevo ucciso mio nonno, ero colpevole di una superficialità infantile preda di un ardore puberale, lo avevo condannato all'eterno riposo. Certo, era già malato da tempo, in realtà ce lo aspettavamo, ma io gli diedi il colpo di grazia, e la consapevolezza di quella conclusione, quasi matematica, esasperava il mio senso di colpa, non lasciando spazio al dubbio. Egoisticamente posso affermare che ancor più della morte di mio nonno era stata la "mancata opportunità" a darmi maggior dispiacere. Per l'ennesima volta ero stato arginato ad una castità forzata, ero la vittima o il carnefice ? Continuavo a fissare il muro, la sua fermezza d'animo mi consolava, quand'ecco mi accorsi che Luna era sprofondata in un pianto, a mio dire, esagerato, sì, era morto mio nonno, ma d'altra parte era mio nonno, ci conoscevamo a malapena, non capivo l'esasperazione di quel pianto che associato ai singhiozzi dava vita a un contrappunto musicale querulo.

Calogero: Era già malato da tempo, sapevamo che
          prima o poi sarebbe successo. Dovrei
          essere io a piangere, che succede ?

Luna: So quello provi, l'ho provato anch'io quando è
      morta mia nonna.

Calogero: Vabbè, sapevamo che era malato, non dico
che eravamo pronti, ma di certo non è
qualcosa d'inaspettato. Ehi !! Dai non fare
così !!

Luna: Mia nonna mi manca da morire, per me era
come un punto di riferimento, so quello che
provi e io ti sono vicina, se hai bisogno di me
io sono qui, capisci cosa voglia voglio dire ? Io
sono qui.

Calogero: Si capisco, grazie.

Non capivo affatto. Sì, ero dispiaciuto per la morte
di mio nonno, ma sarei stato pronto a sacrificarlo
pur di possedere il corpo di Luna che, tra l'altro,
continuava imperterrita a piangere e singhiozzare
tentando di farmi capire quanto mi fosse vicina in
quel momento e quanto capisse cosa stessi
provando. Eravamo ancora nudi e lei mi parlava di
sua nonna e di quanto fosse stata importante nella
sua vita, dei pranzi domenicali, delle ninnenanne, dei
modi di dire, dovevo bloccare quel piagnisteo ma
non sapevo come, quindi rimanevo ad ascoltarla non
abbandonando la speranza che potessimo riprendere
ciò che avevamo lasciato incompiuto. D'altronde
doveva pur servire a qualcosa la morte di mio
nonno. Ebbi come un'allucinazione auditiva, sentì
squillare il telefono e di fatti stava realmente
squillando, ancora. Cos'altro era successo?

Un duplice delitto non era ancora capitato, ma vista
l'importanza della posta in gioco, credo potesse
essere possibile.

Calogero: Pronto ? mmm … e non ve ne siete
           accorti ? Va bene va bene, dai poi ci
           risentiamo, ciao, ciao.

Luna: Cos'è successo ?

Calogero: Sempre mio padre, mio nonno non era
           morto !! Sembrava morto ma è ancora
           vivo !!

Era la risposta alle mie preghiere, la tregua che avevo
tanto implorato, era la prova che testimoniava un
atto di pietà !! Presumibilmente, la mia disperazione
era tale da riuscire a impietosire perfino la morte.
Avrei voluto dire, ok non è morto, falso allarme !! E
continuare ad avvinghiarla, baciandola dappertutto
ma ricordo che continuando a singhiozzare lei mi
guardò attonita e perplessa.

Il giorno della comprensione

Benché abbia capito d'esser morto, ancora non riesco a rendermi conto di cosa sia successo, nella mia mente vagheggiano immagini non chiare, il ricordo di Luna mi riporta indietro al memorabile "giorno della comprensione" !! Sdraiato e dormiente sul suo letto, di lì a poco, avrei avuto le prove che nella relazione tra me e Luna c'era, obbiettivamente, qualcosa che non andava, non so come dirlo, credo che Luna potesse rappresentare un chiaro esempio di personificazione sessuale dell'ideologia socialista Marxista. Durante il periodo universitario Luna aveva preso in affitto una stanza all'interno di un appartamento condiviso con altre tre ragazze, colleghe del suo corso di studi, io ancora abitavo a casa dei miei, preferivo non dover pesare economicamente su mio padre e d'altra parte l'università non era poi così lontana. Quindi quella stanza rappresentava la nostra indipendenza e soprattutto la nostra intimità, motivo per cui mi ritrovavo spesso a passare la notte tra quelle mura, divenute col tempo più che familiari. Dal quasi tragico evento del nostro primo incontro non era accaduto più nulla, la tregua durava ed io intendevo farla durare, quasi come ci fossero state delle regole tacite. In realtà pensavo che quella tregua non fosse altro che la dimostrazione di una punizione che consisteva nell'aver incontrato Luna. Quella mattina decisi che non potevo continuare a farmi del male.

Calogero: Ma cosa è successo? Dove vai?

Luna: Ma come? Non ti ricordi? Alle 10 arriva il mio
consulente bancario.

Calogero: Consulente bancario ?

Luna: Si !! Devo firmare una serie di fogli e decidere
le modalità del mio conto.

Calogero: Ma perché, scusa, adesso i consulenti
bancari fanno consulenze a domicilio?

Luna: Dai ch'è tardi !!

Calogero: Ma poi, scusa ? Per firmare due fogli,
doccia e vestito elegante !!

Luna: Di solito quando faccio sesso si nota e non
voglio che si veda, lui poi è molto carino.

Calogero: Carino? Che significa carino ?

Luna: Il citofono !! Eccolo è lui !!

Calogero: Scusa ma ?

Luna: Non uscire dalla stanza !!

La famiglia Tulipano "Diritti di tomba comune"

Famiglia Tulipano schierata in riga di fronte al portone, pronti per la veglia funebre. Moglie capeggiante e marito sottomesso, entrambi con sguardo fisso in avanti, figli irrequieti.

Signora Tulipano: Rosario hai preso tutto ?
Rimprovera i bambini.

Signor Tulipano: Francesco e Maria, fermatevi un momento sennò mamma si arrabbia. Melì, sono ragazzi, non volevano venire, è comprensibile.

Signora Tulipano: E' comprensibile ?

La signora Tulipano, sempre guardando fisso in avanti, come se avesse un radar, con un movimento rigido e quasi meccanico, rifila un ceffone pauroso a Francesco. Maria, immediatamente, si ricompone e non dice una parola. Francesco piange.

Francesco Tulipano: Ma perché io ? Papà ?

Il signor Tulipano, quasi impaurito e in modo complice, non facendosi vedere dalla moglie, fa segno a Francesco di stare zitto. La signora Tulipano guarda sempre in avanti.

Signora Tulipano: Adesso possiamo andare.

La famiglia Tulipano è in riga di fronte alla bara. Segno della croce della moglie, la quale, con sguardo intimidatorio, invita il marito a fare altrettanto, i bambini rimangono buoni e in silenzio. In fila indiana si dirigono verso il divanetto salutando la gente presente, con discrezione e rigidezza la moglie, con riverenza il marito.

Signora Vicenzina: Quella è la signora Melina, u
               marito è succube !!

Signora Stefanina: Zocch'è[III] u marito ?

Signora Vicenzina: Succube !! E' una brava persona,
               un parra mai e idda è tinta[IV] !! Ci
               nni fa i tutti i culura !!

Signora Tulipano: Buonasera.

Signora Stefanina: Buonasera. Come sta?
Signora Tulipano: Mi scusi non l'avevo vista. Mah !!
               Ringraziando il signore, bene, e
               lei? La famiglia tutto bene?

[III] Zocch'è - "Che cos'è"

[IV] Idda è tinta - "Lei è cattiva"

Signora Stefanina: Tutto bene grazie, mio nipote è
partito, è andato a studiare a
Roma.

Signora Tulipano: Eee ma che vuole, d'altronde qui
non c'è niente, fanno bene. La
figlia di mia cognata ha fatto
l'università a Milano e ora lavora a
Milano, addivintò milanisi.

Signora Stefanina: I giovani !! Noi non avevamo le
possibilità che hanno loro oggi.

Signora Tulipano: Ma sa niente dov'è la signora
Filomena?

Signora Stefanina: Ma sinceramente ancora non l'ho
vista.

Signora Vicenzina: La signora Filomena non si sente
bene, il dolore è troppo assai.

Signora Tulipano: Eee certo, quando si tratta di cose
improvvise è sempre così.

Signor Tulipano: Cose improvvise sono.

Signora Tulipano: Certo, però, quando è morto mio
                 padre, non era tanto afflitta, ca
                 ni'risseru'i no pa fuossa comuni ra
                 famigghia[V].

Signor Tulipano: Cose passate sono.

Signora Stefanina: E che vuole fare, ogni famiglia
                 avi i so riscussioni.

Signora Tulipano: Io, oggi, sono qua per vedere
                 come va a finire, me l'abbiriri
                 tutta !! Se mio padre non è stato
                 messo nella fossa comune, allora,
                 neanche Calogero ciav'agghiri !!

Signora Vicenzina: Signora Melina, lassassi iri, un ci
                 pinzassi.

Signora Tulipano: Perché tutti lo devono sapere, la
                 famiglia Tulipano è buona e cara
                 ma un si fa miettere i pieri i supra
                 ri nuddu !! Ancora mi devono
                 spiegare com'è che non hanno
                 voluto mio padre nella tomba
                 comune !! Ci pari ca u truvaru in
                 mezzu' a strata !!

[V] Ca ni'risseru i no pa fuossa comuni ra famigghia – "che ci
hanno detto di no per la fossa comune.

La signora Filomena, moglie di Calogero, entra nella stanza, con volto afflitto per la morte del marito e infastidito per le parole della signora Tulipano, fissa quest'ultima con aria minacciosa. La famiglia Tulipano si alza dal divanetto e va incontro alla signora Filomena.

Signora Filomena: Melina.

Signora Tulipano: Condoglianze.

Signora Filomena: Grazie.

Signora Tulipano: Se posso essere utile.

Signora Filomena: No, non ti preoccupare, grazie.

Signora Tulipano: I parenti a questo servono, sicuro
                    che non ti serve niente?

Signora Filomena: Se ho bisogno te lo dico.

Signora Tulipano: Allora ci vediamo domani al
                    cimitero? A che ora ci dobbiamo
                    vedere ?

Signora Filomena: Alle nove partiamo da casa.

Signora Tulipano: Non mancherò !!

Il signor Tulipano si avvicina timidamente alla signora Filomena.

Signor Tulipano: Condoglianze.

Signora Tulipano: Andiamo Rosario !!

Mia moglie !! Filomena !! Adesso ricordo qualcosa, il giorno del mio matrimonio !! …

Il Matrimonio

Avevo sempre avuto il dubbio che nella mia famiglia il matrimonio fosse visto come qualcosa di irrimediabilmente drammatico ma quel giorno ne ebbi la certezza. Era uso comune aspettare la sposa davanti all'entrata della chiesa con la famiglia e la moltitudine di parenti, amici, conoscenti e gente estranea curiosa di sapere chi si stesse sposando e di vedere il vestito della sposa. L'attesa era estenuante, poiché era un continuo baciarsi e ricevere battutine sul matrimonio, sulla prima notte di nozze e soprattutto sul fatto che stessi per perdere un'indefinita libertà. Benché fosse aprile, c'era un caldo atroce, il tight, scelto con attenzione circa tre mesi prima, era rigorosamente di lana ed ero cosparso di accessori che tendevano a farmi apparire come un soprammobile di tardo ottocento. Ero deciso a sposarmi quantunque la mia famiglia stesse tentando da un anno a questa parte di dissuadermi nel farlo. Capivo mia madre, credo che la sua disperazione e il suo continuo rinnegare, fosse, più che altro, un problema legato al concetto intrinseco di potere. La sua perdita di controllo della mia vita era, al tempo stesso, un gran colpo all'affermazione di potere conquistatasi negli anni all'interno della famiglia, nel caso di mio padre si trattava di una presa di posizione, cercava a suo modo, di salvarmi da quella decisione che aveva preso o fu costretto a prendere anni addietro e per la quale aveva avuto, probabilmente, uno dei più grossi rimpianti della sua vita. Intendiamoci, mio padre amava follemente mia madre, ma l'essersi sposato così giovane lo aveva precluso da alcune esperienze e possibilità che avrebbe voluto intraprendere più che volentieri. Così, fermo davanti alla chiesa madre del paese, sudato e trepidante di mettere fine a quella straziante attesa, aspettavo Filomena, inspiegabilmente quello del matrimonio è l'unico ricordo di mia moglie che mi sovvenga, prima o dopo il matrimonio c'è il nulla, provo ardentemente a ricordare qualcosa, il primo incontro o l'ultima volta che l'abbia vista, niente, pur tentandoci, l'unico ricordo resta il matrimonio. Ricordo senz'altro la sensazione di euforia che balenava il mio animo nei giorni precedenti, ero come stato preso da un'eccitazione spastica, per quanto sia contrario all'idea di matrimonio in senso giuridico, trovo, al tempo stesso, geniale la consacrazione dell'amore, le persone più importanti della tua vita assistono alla celebrazione di un tuo stato d'animo. Il segreto è proprio la condivisione dei propri sentimenti, delle proprie sensazioni !! Dimenticate l'economia, i soldi, i beni materiali, il capitalismo, alla base di tutto c'è la condivisione degli stati d'animo !! Purtroppo, nel corso degli anni, i nostri stati d'animo sono stati contaminati dalle dottrine religiose e da una continua ricerca materiale, tentativo invano di un' insperata auto affermazione sociale, bisogna "giocare" con il sociale e investire seriamente sulla ricerca di noi stessi.

Padre Calogero: Calò? Sei Felice?

Calogero: Si Papà e che domanda è !!

Padre Calogero: Calò, se sei felice tu, lo sono pure io,
            d'altronde, prima o poi, doveva
            capitare, tu sei sempre stato troppo
            sentimentale, tutti quei libri di
            poesia, la passione per la scrittura, il
            teatro. L'unica cosa che ti chiedo è
            che se dentro di te, nel tuo
            profondo essere, hai un minimo
            dubbio … Calò pensaci bene !!
            Pensa a mamma !!

Madre Calogero: Calò? Calogero mio !! Perché?!!

Zia Concetta: Rosa non fare così, un mi fari
            chianciri[VI] puru a mia !!

Madre Calogero: Su puittaru[VII] !! Su puittaru !!

Padre Calogero: Calò, lo sai, la mamma non l'ha
            presa bene, ma non ti preoccupare,
            piano piano si riprende … Calò ? …

[VI] Chianciri – "Piangere"

[VII] Su puittaru – "Lo hanno portato via"

Calogero: Papà !! E dai !! Ne abbiamo già parlato !!
          E' una decisione che ho preso, io la amo,
          lei mi ama, credo sia normale. Ma poi,
          scusa, che mi dici di te e la mamma, vi
          siete sposati pure voi o no !!

Padre Calogero: Questo non me lo sarei mai
                aspettato !! Calò, ascolta queste
                parole, ascoltale attentamente, non
                passa un singolo giorno !! Neanche
                un singolo giorno !! Che io non
                ripensi a quel giorno !! I miei erano
                altri tempi, sono stato costretto, l'ho
                dovuto fare !!

Calogero: Che vuoi dire? Che non amavi la mamma?

Padre Calogero: Erano altri tempi !! Col tempo uno
                impara ad amare ma all'epoca non
                ero pronto !! Calò ? Ti ricordi lo zio
                Gennaro ?

Calogero: Lo zio Gennaro di Napoli ?

Padre Calogero: E' venuto oggi, appositamente per
                te, che bella sorpresa !!

Lo zio Gennaro

Zio Gennaro: Uè !! Calogero !! Quanto tempo !!

Calogero: Eee … che bella sorpresa …

Zio Gennaro: L'ultima volta che l'ho visto era nu
piccirillo e ora guarda e cche bello
uaglione !!

Calogero: Effettivamente è passato tanto tempo …

Zio Gennaro: Ma ti ricordi quando venivate tu,
mamma e papà a Napoli, che giocavi
sempre con Annuccia … eee devi
vedere e'cche bella ragazza è diventata,
ogni volta mi chiede "e Calogero come
sta? E Calogero non viene mai a
visitarla?

Padre Calogero: Hai sentito Calò !! Annuccia chiede
sempre di te !! Calò ? Pensaci !!

Calogero: Papà !!

Zio Gennaro: Calò, tuo padre è felice per te, ma al
tempo stesso un po' preoccupato,
e'cche ci vo fa lui è fatto così. D'altra
parte tanto torto non ha, al giorno
d'oggi sposarsi è molto pericoloso.

Padre Calogero: Ascolta lo zio Gennaro.

Zio Gennaro: Calò? Don Vincenzo è un amico di
                famiglia, qualora tu avessi qualche
                dubbio, non ti devi preoccupare, legge
                25 marzo 1985 n. 121 la Santa Sede
                prende atto che la trascrizione non
                potrà avere luogo quando sussiste fra
                gli sposi un impedimento che la legge
                civile considera inderogabile.

Padre Calogero: Hai capito Calò ? Don Vincenzo è
                un amico di famiglia, basta una
                parola ed è tutto risolto !!

Ed eccola arrivare !! Bellissima !! Con quei suoi
capelli neri e quegli occhioni grandi, il suo splendido
sorriso innocente e quel corpo mozzafiato !! Cosa
darei per poterla baciare ancora una volta !!

Zio Gennaro: Eee !! Certo che l'amore è bello !!

E' incredibile come il mio matrimonio sia l'unico
ricordo che io abbia di mia moglie, beh d'altra parte,
non ricordo neanche come sia morto, comincio
seriamente a credere che nell'esser morti la memoria
non sia contemplata, d'altronde perché dovrebbe
esserlo?

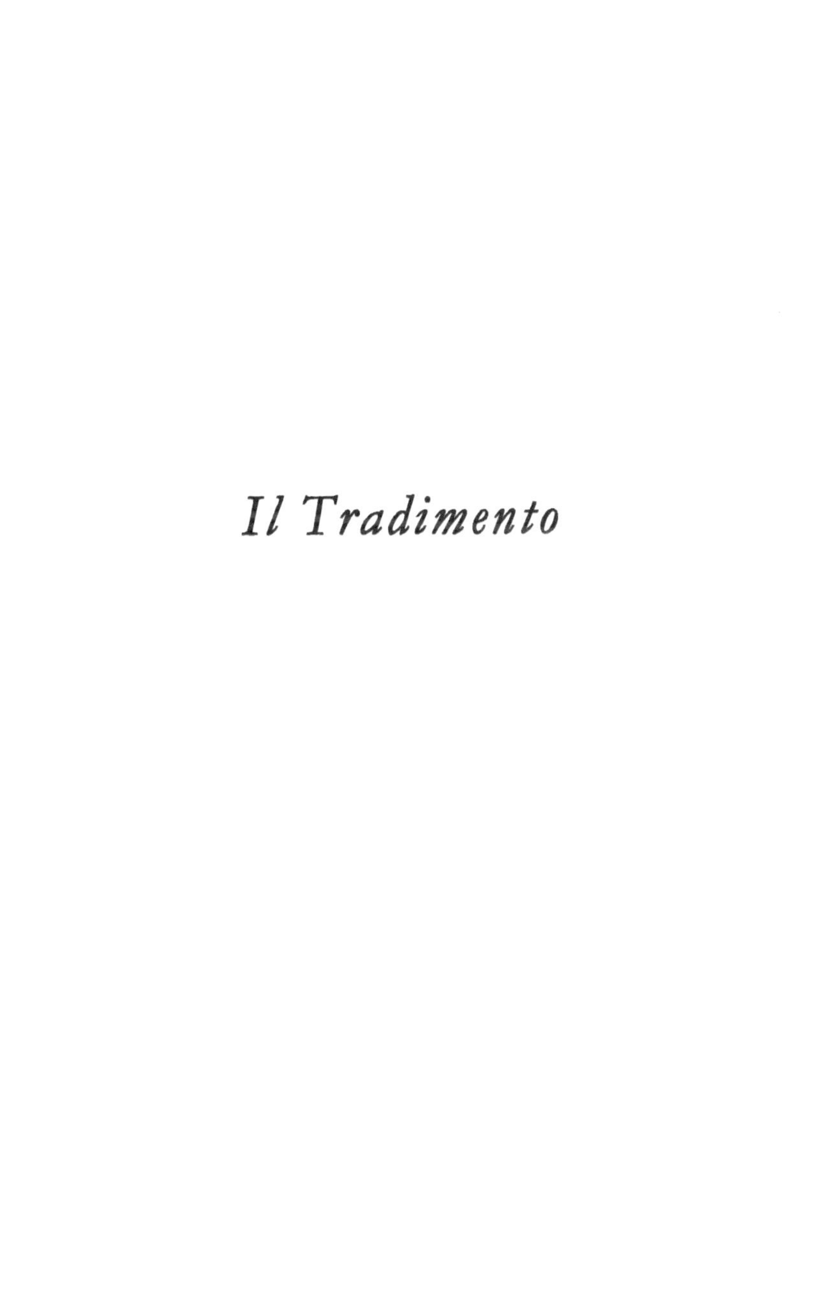

Il Tradimento

La confessione

Ore 23.35

Finalmente un po' di tranquillità, no che non mi faccia piacere avere tanta gente per il mio funerale, il fatto è che sono stato sempre un po' restio nei confronti delle autocelebrazioni, compleanni, onomastici, lauree e così via. Non è che non mi piaccia festeggiare, è che, in quanto non amante dell'ipocrisia non voglio costringere altre persone a comportarsi nel medesimo modo, pensate ai vostri invitati costretti ad essere compiaciuti e a dover sborsare soldi per un qualcosa di cui realmente non gliene frega niente, beh certo ci sono delle eccezioni ma sono così rare che non riescono a stravolgere la mia idea. E quindi finalmente posso godermi il mio momento, un po' di tranquillità, forse questo ronzio di persone mi mancherà, se mi mancherà ? No, non credo affatto.

E così osservo la stanza, tutto ciò che l'adorna è senza memoria, riconosco il mio salotto, riconosco quei mobili antichi che i miei genitori mi donarono, ma non vi sono ricordi, l'orologio scandisce inesorabilmente il ritmo e il passare del tempo rovinando il silenzio di cui mi nutro. Il silenzio è un valore assoluto, è lo specchio dell'anima, evitiamo di perderci nel silenzio poiché abbiamo paura di contemplare i nostri inestetismi interiori, siamo terrorizzati di scoprire chi siamo e a volte lo associamo ad una sterile rappresentazione della morte, anche da morto posso garantirvi che il silenzio non è affatto silenzioso, è un suono cordiale ed enfatizzante del nostro essere. La società ha fatto del rumore la sua arma imprescindibile, siamo assillati da rumori influenzanti e dispersivi, di cui siamo sempre più assuefatti, non ne possiamo fare a meno, abbiamo perso di vista il nostro Punctum[VIII].

Pino: Calò ? Questa è l'ultima sera in cui posso parlarti di persona, domani ti portano al cimitero e per quanto sarebbe stato più facile parlare ad una fotografia, io sento di dovertelo dire adesso, faccia a faccia !!

Pino e che sarà successo mai ?!!

Pino: Calò non so come dirtelo, mi sento un vigliacco, tutti questi anni l'ho saputo e non ti ho mai detto niente; ma tu devi capire Calò !! L'ho fatto per la famiglia per salvare la famiglia !!

Che famiglia ? Ma che stai dicendo ?

[VIII] La chambre Claire di Roland Barthes "Il punctum, è invece l'aspetto emotivo, ove lo spettatore viene irrazionalmente colpito da un dettaglio particolare della foto".

Pino: Ho sempre provato a dirtelo, ti ricordi quella
      volta al ristorante del porto, io continuavo a
      dirti Calò quando hai tempo devo dirti una
      cosa importante e tu mi dicevi Pino manciati u
      puippu ch'è friscu[IX] !! E poi sempre Calò ti
      devo dire una cosa importante e tu niente,
      mangiavi,mangiavi !!

Mi ricordo senz'altro di quella sera, il polpo era
fresco, abbiamo fatto una meravigliosa cena a base di
pesce ma non ricordo che volessi dirmi qualcosa
d'importante.

Pino: Calò io ho tentato !! Hai capito !! Ho tentato !!
      Ma non è stato facile, io non so come dirtelo
      … Calò … tua moglie ti tradisce !! Mi sento un
      vigliacco perché te lo sto dicendo solo adesso,
      lo so che non puoi dire niente, ma se esiste un
      qualcosa dopo la morte spero che tu mi possa
      perdonare !!

Pino … senza offesa e fondamentalmente ma
vafantoculu !! Ma cosa stai dicendo, di cosa parli !!

[IX] Manciati u puippu ch'è friscu – "Mangia il polpo che è
fresco".

Pino: D'altronde pure tu, come hai fatto a non
accorgertene durante tutti questi anni …
Papillon ? Calò ti dice niente Papillon ? A te i
gelati ti piacevano così tanto, non ti sei mai
chiesto perché a casa tua c'erano sempre gelati?
Quello due volte a settimana, Calò … a volte
anche tre … passava da casa con la canzoncina
…

Papillon ? … Per chi non lo sapesse Papillon è una delle tante società che distribuiscono porta a porta prodotti surgelati, riconoscibile poiché i furgoni vanno in giro emettendo un' odiosissima canzoncina. Io ricordo che andavo matto per i gelati soprattutto limone e fragola, non erano eccezionali e neanche tanto salutari ma mi piacevano, cosa posso farci. Ma cosa c'entra tutto ciò con mia moglie ? Non ricordo nulla, anche sforzandomi, non riesco a vedere chiaramente le immagini, l'unica cosa che ricordo è qualcuno che sta preparando il sugo, credo sia io, si sono proprio io …

Il Signor Papillon

Calogero: Filomè !! Quasi pronto !!

Signora Filomena: Calò ci sta quello di papillon, che
                  faccio compro i gelati ?!!

Calogero: Che hai detto ?!!

Signora Filomena: I gelati ? Che faccio li prendo ?

Calogero: Filomè e prendi quelli alla fragola e limone
          che sono buoni.

Signor Papillon: Buongiorno signora Filomena, cosa
                 prendiamo oggi ?

Signora Filomena: Avete i gelati fragola e limone ?

Signor Papillon: Per lei qualsiasi cosa … è
                 impossibile dire di no a quegli
                 occhioni.

Calogero: Filomè !! Il sugo è pronto !! A tavola !!

Signora Filomena: Mi sa che devo andare …

Signor Papillon: Io, tre giorni a settimana passo da
                 questa zona … quando vuole sono
                 a sua disposizione.

Signora Filomena: Grazie.

Adesso è tutto chiaro !! Ma come ho fatto a non accorgermene ma soprattutto come ha fatto a mangiare gli spaghetti con il sugo così tranquilla dopo aver chiaramente flirtato con il signor Papillon !! E soprattutto perché !! Abbiamo sempre condiviso tutto, qualsiasi pensiero, sensazione e poi su !! Ma come si fa !! Con signor Papillon !! E pure Pino che me lo viene a dire proprio adesso che sono morto !!
Io Calogero Scalisi tradito da mia moglie !! Potevo capire un tradimento consensuale, del tipo: Calò sento il bisogno di tradirti con signor Papillon, d'accordo parliamone, magari con una spiegazione più che dettagliata avrei potuto capire, ma in questo modo, di nascosto !!
Personalmente credo che i tradimenti post matrimonio debbano essere discussi dalla coppia prima che avvenga il misfatto, mi sembra quanto meno leale e comprensivo. Seguite il ragionamento, se si decide di sposarsi è perché si decide di condividere la propria vita con un'altra persona il che implica una condivisione totale, perché non si dovrebbe discutere anche un possibile tradimento ?

Quanto meno uno prima di morire è a conoscenza
che la moglie consensualmente ha deciso di tradirlo,
uno muore ma lo sa !!

Pino: Calò se c'è qualcosa che posso fare ? Dammi
        un segno, provaci, manifestati !!

Signora Filomena: Pino ? E che ci fai ancora qui ?

Pino: E che ci faccio qui ? … dovevo salutarlo un
        ultima volta.

Signora Filomena: Ti va un caffè ? Vieni in cucina
                    mia cugina lo sta preparando.

Pino: Grazie, volentieri.

E rieccomi nel mio silenzio, disturbato
dall'incessante ticchettio di questo maledetto
orologio. A pensarci bene gli unici ricordi che ho di
mia moglie sono il matrimonio e adesso anche il
tradimento !!

Padre Calogero: Ciao Calogero.

Calogero: Papà !! Mamma !! Ma come pure voi qua ?
            Potete sentirmi ?

Padre Calogero: Si Calò, possiamo sentirti.

Calogero: E avete sentito anche quello che mi ha
          detto Pino ?

Padre Calogero: Abbiamo sentito Calò.

Madre Calogero: Io ti l'avia rittu a matri[X] !! Tu
               dicevi che eri innamorato, ma io
               già avia capitu tuttu ri comu
               s'annacava[XI] !!

Calogero: Ma !! Pure ora che sono morto !!

Padre Calogero: Calogero, tua madre tanto torto non
               ha … certo però puru tu, tutti
               questi anni e non te ne sei mai
               accorto, Filomena impeccabilmente
               una volta a settimana …

Madre Calogero: A volte anche due.

Padre Calogero: A volte anche due … ci portava una
               confezione di gelato.

Calogero: A volte anche due ?

[X] Io ti l'avia rittu a matri – Io te lo avevo detto

[XI] Avia capitu tuttu ri comu s'annacava – Avevo capito tutto da
come sculettava

Madre Calogero: Se a matri !!

Calogero: Papà che devo fare ?

Zio Gennaro: Da morti, caro Calogero, non si può
più intervenire giuridicamente, una
causa persa.

Calogero: Zio Gennaro anche tu qui ?!!

Zio Gennaro: Calò io te l'avevo detto, c'era
Annuccia bella che mi chiedeva
sempre di te e tu niente, guarda ora e
'cchè successo !!

Padre Calogero: Dobbiamo guardare la realtà in
faccia, non c'è più niente da fare.

Calogero: Papà … comunque sono contento di
vedervi qui, di nuovo tu e la mamma e zio
Gennaro, ma allora il paradiso esiste ?

Zio Gennaro: Tutto, qui, è come un ricordo, io per
esempio spesso sogno di quando
andavo a mangiarmi i sfugliatelle e i
babà da Gino O' Curt, eee e'cchè
darei per una bella sfugliatella con la
ricotta !!

Calogero: Ma ora cosa fate ? Rimanete qui con me ?

Padre Calogero: Non possiamo restare, Calò goditi il
                tuo funerale, lasciati alle spalle
                quello ch'è successo.

Zio Gennaro: Come si suol dire, chi avuto avuto
             avuto, chi ha dato dato dato
             scurdammece o' passato.

Madre Calogero: Calogero quando senti la nostra
                mancanza basta che ci pensi forte
                forte e noi ti saremo vicini.

Zio Gennaro: Statte buono uagliò !!

La Confessione II

Ore 2.50

Il ticchettio di questo tempo che non mi appartiene più, odio quest'orologio, non posso averlo voluto, la mia concezione del tempo non esiste e non è mai esistita, col passare degli anni mi sono adattato ad un tempo convenzionale condiviso ma quell'orologio mi da sui nervi, perché è li !! Rovina la mia attesa, le mie ultime ore di luce. Ma si, non vale la pena prendersela, un tradimento non è poi così tragico, potrei anche perdonarlo, d'altronde la morte mi da un senso di distacco da tutto ciò ch'è terreno, anche il mio corpo non è più parte di me quindi perché dovrei prendermela, il mio stato di rassegnazione indotta mi autoesclude da ogni risentimento.

Signora Filomena: Calogero forse questa è la prima volta che riesco a parlarti francamente dopo tanti anni. Calò io te lo devo dire, è giusto che tu sappia.

Lo so lo so, è solo che non capisco. In tutti questi anni abbiamo sempre condiviso tutto, perché non hai provato a dirmi che eri attratta da un altro uomo? Ne avremmo potuto parlare, beh comunque mi fa piacere che tu abbia deciso di dirmelo, quantomeno rivedo la Filomena che ho sposato, la sincerità è stata

sempre uno dei cardini della nostra unione, almeno
così pensavo fosse, non capisco come mai tu non
abbia deciso di parlarmi di un semplice tradimento,
vedi, tradimento, riesco a dirlo senza provare alcun
risentimento. Peccato che tu non possa sentirmi e
capire quanto ti stia vicino, ho già perdonato il tuo
tradimento.

Signora Filomena: Calò sono incinta !!

Filomè ? Ma noi non potevamo avere figli, non
capisco …

Signora Filomena: Calò, la divina provvidenza fu!!
                  Tu dovevi saperlo, ancora non lo
                  sa nessuno, sarà tuo figlio a tutti
                  gli effetti, non sei contento?

Mio figlio ? Ma quale divina provvidenza !!

Signora Filomena: Ti ricordi di quando parlavamo di
                  come si doveva chiamare nostro
                  figlio se fosse stato un maschietto,
                  che tu lo volevi chiamare come
                  tuo nonno Saro, Saruzzu nostro
                  dicevi tu !!

U' nnome i me nonno no !! Il nome di mio nonno
no !!

Signora Filomena: Il dottore l'aveva detto, c'è una
possibilità su un milione, certo
non era facile ma sempre una
possibilità c'era !!

Filomè ma cosa stai dicendo ?!! Tutti lo sapevano
che non potevamo avere figli, abbiamo tentato e
ritentato e ora tu mi parli di divina provvidenza !!

Signora Filomena: Calò ? Se puoi sentirmi ? Tu devi
Capire !!

Ma zocc'a capiri ?!! Cosa devo capire !!

Signora Filomena: Tu eri sempre fuori per il lavoro e
quando tornavi eri stanco, io ti
dicevo sempre: Calò, io vado a
letto che fa ti aspetto ? E tu unn ti
preoccupari Filomè va cuiccati[XII].
E vacuiccati ora e vacuiccati
domani !!

Ma cosa stai dicendo !! Vai rispondere al citofono
ch'è meglio !!

[XII] Va cuiccati – "Vai a dormire"

La cugina "Agata"

Signora Filomena: Agata ? Cosa è successo ? A
              quest'ora ?!!

Agata: Filomè ? Cos'hai combinato ?

Signora Filomena: Che cosa ho combinato ?

Agata: Tu me lo devi dire !!

Signora Filomena: Avà dimmi a cosa ti riferisci ?

Agata: A cosa mi riferisco ? E a cosa mi riferisco
              secondo te ?

Signora Filomena: Agata parra !!

Agata: Tutto il paese lo sa !!

Signora Filomena: Ma che cosa ?

Agata: A mio marito Franco glicl'ha detto la signora
              Margherita del Bar.

Signora Filomena: Agata mi vuoi dire di cosa stai
              parlando ?

Agata: Tutto il paese lo sa che sei incinta e che
        Calogero non poteva avere figli !!

Signora Filomena: Ma cosa stai dicendo Agata !!

Agata: Ma come cosa stai dicendo ?!! Filomè u vo
        capiri ca tuttu u paisi u sapi !! Filomè dove
        vai ? Come facciamo domani al funerale ?
        Non ti preoccupare una soluzione la
        troviamo, d'altronde il fatto ormai è
        compiuto !! Filomè ? Ma veramente con
        signor Papillon ?!!

Signora Filomena: Agata !!

Agata: Eee Agata !! Qua tutto il paese lo sa e tu ti
        vergogni di tua cugina !! Ma non ti
        preoccupare Filomè che una soluzione la
        troviamo, adesso chiamo a Franco e vediamo
        cosa dice.

Signora Filomena: Io lo sai che faccio ?!! Me ne
                  vado !! Io me ne vado !!

Agata: Ma che significa che te ne vai ?!! Dove vai ?
        Matri mia !!

L'epilogo

La Fuga

Ore 4.15

Agata: Ma che stai facendo Filomè ?

Signora Filomena: Che sto facendo ? E ora lo vedi
                  che sto facendo !!

Agata: La valigia ?

Signora Filomena: Eh !! La valigia !!

Agata: Filomena ma che intenzioni hai !!

Signora Filomena: Agata io me ne vado !!

Agata: Ma dove vai ? Non ci pensi alla famiglia,
       domani c'è il funerale di Calogero e tu te ne
       vai !! Ormai quello ch'è fatto è fatto, aspetta il
       funerale e poi quello che vuoi fare fai !!

Signora Filomena: Mi sono stancata di dovere fare,
                  dovere dire, dovere, dovere !!
                  Sono stanca !! Non me ne frega
                  più niente di quello che pensa la
                  gente, io me ne vado !!

Agata: Se non lo vuoi fare per la famiglia, almeno
        fallo per Calogero, non se lo merita
        mischino!!

Signora Filomena: Agata me ne devo andare !! Ti
                prego pensaci tu domani, quelli
                dell'agenzia arrivano verso le 8, se
                vuoi chiama Franco, dormite qui
                questa notte.

Agata: Filomena pensaci bene !! Resta domani, poi
        puoi andare dove vuoi !! La gente è fatta così,
        tutto si può aggiustare !!

Signora Filomena: Ti voglio bene, grazie per tutto e
                ringrazia anche Franco.

Agata: Ma dove vai a quest'ora ? Rimani.

Signora Filomena: Ciao Agata.

Agata: Almeno chiamami !! Fammi sapere se stai
        bene !!

La signora Vicenzina apre leggermente le persiane e
stando bene attenta a non farsi vedere scruta
Filomena allontanarsi con la valigia. Si guarda
intorno e con un espressione di maliziosa curiosità
richiude le persiane.

Le ultime ore. "L'agenzia funebre"

Titolare agenzia: Carmelo, tu pigghia i bigliettini da
visita e ti fai un giro dentro e fuori,
a chiddi ca ti parinu anticchia
malicumminati[XIII] gli dai il
bigliettino. Tu invece aiutami a
prendere gli attrezzi.

Franco: Ai Parenti gliel'hai detto ?

Agata: Ad alcuni, tutti gli altri sanno che è a casa e
che non se la sente di assistere alla chiusura
della bara.

La signora Vicenzina raggiunge la coppia e con
un'aria saccente si appresta a fare qualche battutina
pungente, la cugina e il marito sono visibilmente in
difficoltà, quasi come fosse impossibile nasconderle
qualcosa.

Signora Vicenzina: Buongiorno. Condoglianze.

Agata: Grazie.

Signora Vicenzina: La signora Filomena come sta ?

[XIII] A chiddi ca ti parinu anticchia maliccumminati – "A quelli
che ti sembrano che stiano poco bene".

Agata: Il momento è quello che è, non se la sente di
    assistere alla chiusura.

Signora Vicenzina: Ah certo afflitta è …

Franco: Signora Vicenzina lei viene al cimitero ?

Signora Vicenzina: Certamente, mi dispiace solo che
                   non posso dare le condoglianze
                   alla signora Filomena.

Carmelo, l'aiutante del titolare dell'agenzia, si dirige
con i bigliettini da visita, verso una coppia anziana di
parenti, vestiti elegantemente e con un'aria alto
locata.

Carmelo: Salve, buongiorno. Posso lasciarvi il nostro
bigliettino da visita ? Sa, per qualsiasi evenienza.

La signora, molto elegantemente, rimane impassibile
e muove solamente gli occhi per guardarlo.

Signora: Certo, grazie.

Carmelo: Grazie a lei.

Il ragazzo si allontana. La signora sempre
elegantemente si rivolge al marito.

Signora: Nofriu, toccati i'cugghiuna[XIV].

Signore: Picchì[XV] ?

Signora: Toccatilli ca poi tu' ricu[XVI].

Il Titolare dell'agenzia è pronto per la chiusura della
bara, si rivolge ad agata.

Titolare agenzia: Signora, quando vuole noi siamo
                  pronti, è sicura che non vuole
                  aspettare la moglie, la signora
                  Filomena ?

Agata: Mia cugina non se la sente di vedere la
       chiusura, mi dia qualche secondo per un
       ultimo saluto.

Titolare agenzia: Certo, ci mancherebbe.

[XIV] Nofriu, toccati i'cugghiuna – "Onofrio toccati i testicoli"
[XV] Picchì – "Perché"
[XVI] Toccatilli ca poi tu ricu – "Toccateli che poi te lo dico"

La cugina con accanto il marito Franco si avvicina
alla bara per l'ultimo saluto.

Agata: Calogero, scusa. Filomena, lo sai, è sempre
        stata uno spirito ribelle ma tu non te lo
        meritavi, lo so. Calogero ? Franco guardalo in
        faccia, pare affinnutu !! Calogero scusa !!

Franco: Agata non fare così.

La chiusura

Morto, tradito, padre e abbandonato, tutto nel giro di una notte o di una vita, probabilmente non c'è alcuna differenza, pensiamo di vivere una vita, la nostra vita, quando in realtà viviamo o cerchiamo di vivere la nostra idea di vita.
E' incredibile quanto tempo si perda a cercare di diventare ciò che già siamo e il più delle volte non ci si riesce.
Quindi la domanda è: Chi siamo veramente ?
Sono realmente Calogero Scalisi, cornuto, padre non naturale, abbandonato dalla moglie e ormai morto ?
Senz'altro qualcuno potrà pensarlo, ma il fatto che una o più persone pensino che io sia qualcosa, non basta ad auto definirmi, non siamo la definizione di noi stessi, pensare se siamo la definizione di altri.
In ogni caso mi girano i cugghiuna in un modo vorticoso non comprensibile !! Ho sempre immaginato la mia morte come la celebrazione dell'ultimo dei miei compleanni, anche perché solamente da morto potrei sopportare la celebrazione di un mio compleanno, ma si è rivelata come un'occasione, per tutti, di essere sinceri, quasi come la possibilità di avere una redenzione, un condono dei nostri misfatti. Fermatevi un attimo a riflettere, chiunque di fronte alla morte tende ad essere sincero, capisco che siamo afflitti da ideologie religiose, ma credo che questa consuetudine abbia qualcosa di più radicato nella natura umana, è come

se volessimo liberarci dell'ultimo peso di vita terrena prima di essere qualcos'altro o semplicemente di non essere, d'altronde perché preoccuparsi di capire cosa saremo dopo la morte quando ancora è difficile capire cosa siamo in vita.

Certo, qualcuno potrà ironizzare dicendo: "Calogero, tu 'ricu iu chissì, si'un grandissimu curnutu", a te che hai meditato codesto pensiero auguro una diarrea biblica che neanche Mosè riuscirebbe ad arrestare, sarai costretto a vivere i tuoi ultimi giorni di vita in bagno affetto da una tossico dipendenza da imodium e invano cercherai la carta igienica !!

Pensavo che una volta morto avrei potuto finalmente chiarire di persona, avere un rendez vous con la morte, avrei potuto chiederle le ragioni del motivo per cui si era presa gioco di me così cinicamente e nell'età puberale. Perché infliggermi quella sofferenza e castrazione d'intenti ?.

In quanto detentrice di una vaga onniscienza avrebbe dovuto sapere del tradimento, del figlio e dell'abbandono, allora perché precludermi da una svogliata primavera erotico carnale. Sento di aver fallito o quantomeno di non aver capito, credevo che il matrimonio fosse stato una sorta di patto che avrebbe sancito il termine di quei delitti innescati dalla mia voglia di sperimentare l'atto riproduttivo e l'inizio di un ciclo sereno di eventi quale riscatto per i miei supplizi ma rimango semplicemente nell'oblio di un'idea di me stesso che scaturisce ombre nelle quali non mi riconosco.

Rinuncio a siffatta idea di me stesso, rinuncio ad essere un'idea. Io sono. I miei mutamenti sono i binari di un tragitto in cui tenderò a non riconoscermi ma a comprendere e al tempo stesso comprendermi, giorno dopo giorno, resta il rimpianto di non aver raggiunto tale auto condiscendenza dapprincipio quando ancora avrei potuto esercitare il mio libero arbitrio, adesso vivrò quale ricordo intimo e soggettivo di un'opinione pubblica, uguale o diversa che sia. Sono morto una prima volta fisicamente, morirò una seconda volta quando sarò dimenticato.

Vi osservo mentre state attorno al mio corpo senza vita, state già pensando a cosa dover preparare da mangiare per cena, siete andati già oltre.

Chissà se sarà l'ultima volta che vedrò della luce ? Non ricordo neanche come sia morto, per quanto possa ragionare e trovare un senso alla mia morte, un unico pensiero insedia la mia mente, non me ne abbiate, ma itivinni tutti quanti a fari'n to culo !!

Indice

Titolo |Il funerale di Calogero
Autore |Domenico Emanuele Augello

ISBN | 978-88-91181-16-9

© Tutti i diritti riservati all'Autore
Nessuna parte di questo libro può
essere riprodotta senza il
Preventivo assenso dell'Autore.

Youcanprint Self-Publishing
Via Roma, 73 – 73039 Tricase (LE) – Italy
www.youcanprint.it
info@youcanprint.it
Facebook: facebook.com/youcanprint.it
Twitter: twitter.com/youcanprintit

www.ingramcontent.com/pod-product-compl
Lightning Source LLC
Chambersburg PA
CBHW031215160726
47992CB00006B/2753

*9788891181169